Robots en folie!

adapté par Jodie Shepherd
basé sur le scénario de Janice Burgess
illustré par The Artifact Group

PRESSES
AVENTURE

Presses Aventure, une division de
LES PUBLICATIONS MODUS VIVENDI INC.
55, rue Jean-Talon Ouest, 2e étage
Montréal (Québec) H2R 2W8

Publié pour la première fois en 2009 par Simon & Schuster sous le titre *Robot Rampage!*

Traduit de l'anglais par Andrée Dufault-Jerbi

Dépôt légal : Bibliothèque et Archives nationales du Québec, 2010
Dépôt légal : Bibliothèque et Archives Canada, 2010

ISBN 978-2-89660-133-2

Nous reconnaissons l'aide financière du gouvernement du Canada par l'entremise
du Programme d'aide au développement de l'industrie de l'édition (PADIÉ) pour
nos activités d'édition.

Gouvernement du Québec – Programme de crédit d'impôt pour l'édition de livres –
Gestion SODEC

Imprimé au Canada

« Comment ça va, Rosco le  ? »
ROBOT

demande le réparateur .
AUSTIN

« Systèmes tous opérationnels »,

répond Rosco le .
ROBOT

« Les  ne font jamais

ROBOTS

défaut à Méga City »,

soupire le réparateur .

AUSTIN

« Et si les  ne font pas
ROBOTS
défaut, ajoute   , je n'ai
AUSTIN
pas de travail ! »

Soudain, le  sonne.
TÉLÉPHONE

« Mon ![ROBOT] fait défaut, s'écrie ![VICTORIA].
ROBOT   VICTORIA

Viens vite, je t'en prie ! »

« Hourra ! s'écrie  .
AUSTIN

J'accours tout de suite ! »

Rosco et  filent aussitôt
AUSTIN

chez  , à bord de leur
VICTORIA

 volant.
CAMION

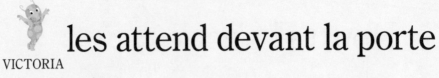 les attend devant la porte de sa  . « Entrez, leur dit-elle.

VICTORIA

MAISON

Mon  Rita se comporte
ROBOT

de façon bizarre.

Elle a probablement

perdu un  . »
BOULON

« Je lui ai demandé de faire

des  et elle ne veut plus
BISCUITS

s'arrêter, dit .
VICTORIA

Mon  est en folie ! »
ROBOT

réussit à réparer le .
AUSTIN   ROBOT

Mais personne ne

remarque la présence

du maléfique .
PROFESSEUR BOGUE

« Au secours ! » s'écrie  .
THÉO

« J'ai dit à mon  d'aller
ROBOT

chercher le  , dit-il.
COURRIER

Regarde un peu ce

qu'il a fait aux  ! »
BOÎTES AUX LETTRES

Oh, non ! Il y a un autre  en
ROBOT

folie !  s'élance à la poursuite
AUSTIN

du  pour le réparer.
ROBOT

Le  perdu file tout droit
BOULON

entre les mains du

maléfique  .
PROFESSEUR BOGUE

Oh, non ! Voilà encore un

autre  en folie !
ROBOT

Rachel, le 🤖 de 🦛 , a perdu
ROBOT   TASHA

un 🔩 elle aussi.
BOULON

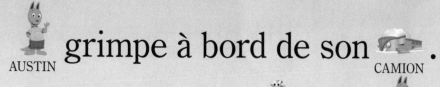 grimpe à bord de son 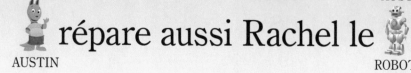.

AUSTIN   CAMION

« Viens, Rosco le ! » dit .

ROBOT   AUSTIN

répare aussi Rachel le .

AUSTIN   ROBOT

Mais la ville abonde
de ROBOTS en folie !
Que se passe-t-il ?

« Résidents de Méga City, hurle  , tous les sont

PROFESSEUR BOGUE

ROBOTS

maintenant sous mes ordres.

Personne ne peut m'arrêter ! »

Holà !

Le  qu'a perdu Rachel le
BOULON
ROBOT s'éloigne à toute vitesse !

C'est un bogue !

Mais AUSTIN réussit à s'en emparer.

Voilà comment arrive
à contrôler les !
Il a créé un bogue !  sait
maintenant ce qu'il doit faire

pour arrêter !

AUSTIN et ses amis prennent place à bord du 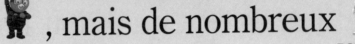 **CAMION** volant. Ils se rendent au laboratoire du  **PROFESSEUR BOGUE**, mais de nombreux **ROBOTS** gardiens patrouillent l'endroit.

Comment vont-ils se faufiler

dans le laboratoire ?

Rosco le  a une idée !
ROBOT

Ils vont tous agir comme

des !
ROBOTS

« Qui veut de la ? »

CRÈME
GLACÉE

demande 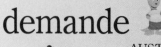 .

AUSTIN

 raffole de la !

PROFESSEUR
BOGUE

CRÈME
GLACÉE

Tandis qu'il s'empare du bol

de , s'empare de

CRÈME
GLACÉE

AUSTIN

la à .

TÉLÉCOMMANDE

ROBOTS

« Trois hourras pour  !
AUSTIN

hurlent  ,  et  .
VICTORIA   TASHA   THÉO

Tes jours de crime sont

derrière toi,  . Tu vas
PROFESSEUR
BOGUE

maintenant nous aider

à réparer tous les  ! »
ROBOTS

Gronde, gronde, gronde !

Y a-t-il d'autres ROBOTS en folie ?

« Ça, c'est mon estomac,

dit AUSTIN . Allons tous déguster

une bonne CRÈME GLACÉE ! »